再見

Hello,
Goodbye

少女

柯佳嬿
Alice Ko

目次

目次

第二幕 那些夢裡

第三幕 Hello Goodbye

序

我想跟大家說一個故事，
一個關於你，
關於我，
關於少女的故事。

可能有時很像夢境，
有時又太過清醒，
也許你會覺得似曾相識，
很像你，
也很像我的故事。

傷心的，
甜蜜的，

徒留遺憾
或悵然若失的。
我相信
每個人心中都有一個少女，
只是有的人假裝看不見而已。

如果你準備好見到她，
接受我的邀請，
聽我說一個故事。
關於你，
關於我，
關於我們心中的少女。

第一幕 我說愛啊

回頭是岸

愛情追求戀愛感居多，感覺沒了就分手，兩個人相遇，快樂，離別，痛苦，然後再投入另一段關係裡，相遇，快樂，離別，痛苦。一場又一場的戀愛，是一個無止盡的輪迴，幸運的話，有些感情會走得久一點。

而婚姻就是制定了一份合約，來終止這個輪迴。有一天當戀愛感消退，你們承諾，也做好準備，讓愛成為另一個形式，昇華成家人，彼此陪伴生活一輩子。不談愛不愛的，隨著時間那已是愛的另一種樣子。

婚姻可能真的是愛情的墳墓，但沒有婚姻，我們的愛情就會死無葬身之地。

當然我們也可以選擇無限復活，大半輩子在愛情的海洋中漂流，上一艘船休息，下海，然後再上另一艘船休息。

直到某天累了，年紀大了，再也不想重新去適應一個人，再也不想經歷撕心裂肺的痛，可能還是會上岸找個合適的墳墓，不再眷戀紅塵俗世，找個舒服的角度好好躺進去。

追求戀愛的人不會適合婚姻，追求婚姻的人基本都能得到一場成熟的戀愛。能走多久，憑本事看運氣。

選擇一輩子戀愛也好，選擇踏入婚姻也好，一個人也很好，沒有標準答案，從來都是自己舒服最重要。

最終我們需要明白的原來只有一件事，就是在人生的每個階段，搞清楚自己要的是什麼。然後自在又快樂的，直到我們真的死去，躺在真正的墳墓裡。

我們其實不需要那麼完美

完美主義者會為自己的人生訂下許多規矩，希望所有的發展能按部就班照著這個模式走，不容破壞。完美主義者深信毫無瑕疵才是最完美的愛情故事，只要有任何超出預定道路的發展，就會感到痛不欲生。

完美主義者，多半帶有控制欲。

問題是，我們無法控制的東西太多。感覺，情緒，相遇的時間點，意外，犯錯，當你試圖去控制這些不可控的東西，是很痛苦的。

我們為自己寫好了一套劇本，希望人生能夠照著這個劇本走，但宇宙才是最大的編劇，宇宙給你安排的劇本才算數。

你們該在什麼場景相遇，你們會如何發展，有多快樂，有多痛苦，什麼時候分開，早就安排好了。這世界上發生的每一件事情都是注定要發生的，沒有偶然。

不需要糾結過去，因為發生的事情不會改變，保持彈性，接受宇宙的安排，這就是它要給你的，生命的禮物。

曾經錯就錯吧，曾經鬼遮眼就鬼遮眼吧，至少我們曾經把靈魂交到對方手上，刻骨銘心的愛了這麼一回。曾經的快樂，彼此情緒的牽動都是真實的，不是嗎？你曾經死過，又從地獄爬回人間，多驕傲啊。

那些不完美的地方使你成為獨一無二的你，也讓你成長，變得更加強壯，明白愛人與被愛是怎麼回事，看到愛的許多面相，看到愛的各種可能。

比起完美，不完美給我們帶來更多禮物，那就好好收下，接受它，跟自己說，對，這就是我的一部分，這就是我，這就是我的過去。

愛不愛隨便你。

愛後餘生

他從你記憶中的最後一天逃走了，你卻還留在原地。

想著最後一次見面時他說過的話，想著那些承諾，那些僅存的相片與回憶，在失去聯絡沒有見面的日子裡，成為支撐你面對生活的一點點光。

你為自己安排很多事情，跟朋友聚會，吃飯，唱歌，逛街，看展覽，你人坐在那裡，卻又不在那裡。你失眠，你喝酒抽菸，失魂落魄，行屍走肉，感覺沒有地方可以回去。

你抱著很微小的希望幫自己打氣，告訴自己只是暫時的。時間一長，你發現，原來路的盡頭沒有人在等你。

沒有說一聲，他就是走了。

儘管痛苦，儘管滿身傷，你還是緊抓不放用力衝撞。你相信愛可以跨越所有困難，這次是真的，這次不一樣。

你願意為他，他不願意為你了。

你勇敢相信愛，但愛騙了你。行不通的，別天真了，只有愛是不行的。

其實那些都是道別了，只是你當時沒搞懂。都是真的了。

他早就開始練習，而你才要開始，練習一個人。

你憤怒，你心碎，你還有好多困惑，好多猜測，好多話想說，但再也得不到回應。

你連生氣的資格都沒有了。

其實你是明白的，這跟複雜或簡單無關，要不再痛苦的方法就是不要愛了，才能繼續好好生活，才能繼續好好工作。只是你還捨不得放下，不願意讓他走。其實你都明白的，只要不愛，就不痛了。

你很傷心，你自找的。

這個故事裡最傻的就是你了。

醒一醒，讓他走吧。把碎了一地的心撿起來黏好，你還能再愛上別人的。

愛真的需要勇氣

年輕的時候，談戀愛像賭博，大部分的人都能大膽賭一把，不在乎天長地久，只在乎曾經擁有。

賭你們個性適不適合，賭你們能在一起多久，賭這次誰會傷了誰的心，賭這次分手會有多痛。

大把的青春往愛情裡倒，奮不顧身，義無反顧的。恣意揮霍，不怕犯錯，真好。

有點年紀之後就不一樣了，會猶豫了。

我們適不適合？能在一起多久？誰會傷了誰的心？分手會有多痛？

那些曾經想都沒想過的，根本沒在考慮的，現在全都變成問號在你的腦袋裡。

變成大人之後，我們做決定往往參雜太多因素，不能再像年輕的時候，只問自己快不快樂，想不想，無法那麼純粹。

變成大人之後，做決定越來越困難。

然後我們開始分析，我要的，這個人能給我嗎？我愛他，但他又能愛我多久呢？我是否還禁得起狠狠愛過之後，只剩自己一個人的那種舉世無依、天崩地裂、世界毀滅？

不能，我們再也禁不起。因為我們長大了，害怕受傷了，學會保護自己了。

畢竟痛多了會怕，你已經無法再奮不顧身，義無反顧。畢竟青春有限，所以你怕犯錯，無法再恣意揮霍。

慢慢的，我們有所保留，在乎社會框架，在乎世人眼光，於是我們再也不敢放手去愛。

愛情始終沒變，可我們看待愛情的角度變了。

三十歲之後，如果你身邊有個傻瓜還能什麼都不管，還敢賭一把，請不要笑他。因為愛情可能是他畢生的信仰。

但願我能喜歡　愛上你的那個自己

從相遇到分開，每一段戀愛故事，講起來好像都大同小異。

我們牽掛著一個人，心裡帶著他去做每件事，去每個地方。看到什麼都好想跟他分享，去到哪裡都好希望他也能在。

熟悉的城市看起來好像不一樣了，生活有了期待，晚上捨不得睡，鬧鐘響了就立刻起來。因為可以見到你，世界變得新新的。再累，也要和你見面。再忙，也要和你喝杯咖啡。

後來我們花了一段時間去愛彼此，也花了一段時間磨去彼此的愛。我們撐著，直到撐不下去了，只好選擇分開。

但，又不是沒談過戀愛，為什麼每一次分手都還是這麼難過？

因為談一場戀愛，就是完全把心交出去，弄碎了，你再拿回來修復好的一個過程。

只要你付出真心，心就會碎，沒有人心碎了還不難過的。

每段戀愛還是有差別的。你們會因為彼此的性格與頻率，讓戀愛有屬於你們自己的氛圍，每次戀愛都不會是相同的樣子。這也是愛情依舊迷人的原因。

分手有各種理由，如果可以票選冠軍，最傷心的分手，應該是兩個人都還愛著對方的時候卻不得已要說再見。

最好的戀愛是，你愛著對方，而你同時也更愛自己。

如果你變得不喜歡自己，無論什麼形式，那絕對不會是一段好的關係。再愛，都該放手。

但願我能喜歡，愛上你的那個自己。

受害者情結

我們的大腦，有盲點，有休眠區塊，還有一種自我保護機制。

我們講起當年的一段感情，可能會經過修飾，略過自己不好的部分，只說自己的痛苦。錯的都是對方，我已經很努力了。

有時候，我們不小心把自己推到悲劇性角色的位置上，好像縮在這裡，就不會有人責怪自己，躲起來，不願去面對，不願去看見自己的問題。

很奇怪，如果自己是吃虧的那一方，我們好像就更有理由離開，好像就可以更放心的走出失戀的傷痛。誰想當壞人啊。

一段感情會走成什麼樣子，兩個人都有責任。是人都有弱點，誰都有自己的毛病。

分開了，在心裡檢討，下一次，不要再犯同樣的錯，不要再給對方這樣的感覺。可能是逃避，可能是不負責任，可能是該說的沒說，可能是不該做的卻做了。

我們依然能夠當自己是受害者，誰說一段關係裡不能有兩個，甚至三個受害者？

只要不傷害他人，只是保護自己，細節是怎樣已經不重要，反正都結束了。我們可以騙全世界，只要不騙自己就好。

我受傷了，所以我希望你也受傷，這樣我會好過一點。我過得不好，所以我看見你好，我反而有點不快樂。

但我們還是會說，希望你一切都好，希望你快樂。

承認吧，現在你只想叫他去死。

發自內心的祝福，還是等過一段時間之後再說好了。

關於傷痛　無需遺忘

你想忘記他，費了很大的力氣，每一天都很努力。因為想到他的同時，你也產生厭惡自己、否定自己的想法。

你工作，你運動，你忙碌，你讓自己看起來一切都好。但你還是會想起他，覺得很痛苦。

你一直往前走，以為自己已經走得很遠了，他的樣子卻還是那麼清晰，所有的感受都還是那麼清楚。

在愛與想念的同時，也像在傷害自己，像懲罰一樣，你被困在思想的牢籠好想掙脫，有些事你就是好想忘記。

你開始討厭他，為什麼讓你的生活翻天覆地，讓你內心起了這麼大的漣漪，讓你整個人都不對了，卻還是那麼難忘記。你根本不想記得這麼清楚。對，你開始討厭他。

但，為什麼一定要忘記呢？

你越是拚命想忘記，只會越讓自己感覺痛苦，因為這違反了自然常理。我們根本不可能真的忘記一個人啊，除非我們的大腦出了什麼問題，失智或失憶。

我們要做的並不是遺忘，我們要做的是放下。只有當你真的放下了，心才會真的自由。

治癒傷痛最好的方法，就是與你的傷痛正面對決，跟你的傷痛對視。坦誠自己現在的狀況糟透了，坦誠你還是很想他。

甚至有些時候，你得要先承認自己是王八蛋，然後再原諒你自己，那些人事物才會真的過去。

傷害，被傷害都好，你一定要很勇敢的，去接受發生的一切。

你還是可以記得，那些關於你們之間的回憶，而當你再想起來的時候已經不會痛了。

恭喜，你放下了。

你可以原諒他，也原諒自己了。

尋找答案的訣竅

有一陣子，我老是在夢裡找東西，但不知道自己找什麼。

好像有一件事情要完成，但想不起來是什麼。好像要找到某一個人，但想不起來是誰。總是在找到之前就醒過來了。

我一直不明白自己在找什麼，可能是某樣我丟失並且徹底遺忘的東西，被留在我潛意識的一個角落，希望我能發現。

「嗨嗨！我在這裡喔！」我彷彿聽見他說。或者不是他，是那個什麼在說。

有好幾次我希望可以回到同一個夢中，就別醒吧，就讓我找到吧。

我急著想知道答案，拚命想破頭，好像被下了降頭，還是受了詛咒一樣，毫無線索。後來隨著時間，我放棄尋找了。總之，我再也沒有作過那樣的夢。

而關於尋找答案這件事情就是這麼玄，當你不再尋找的時候它就出現了。某天我突然從被我過壞的生活中明白，我弄丟的那個東西是什麼。原來我們根本不必去尋找，時間會在你應該知道的時候給你答案。時間替你帶走很多東西，也會把你需要的帶來給你。

原來在等待的日子裡，我們能做的只有過好今天。

各位朋友們，最近如果有在尋找什麼生命意義或人生道理的話，別再辛苦了，好好過日子吧。

答案會出現的。

再爛的戀情都有成長

每個人都有一個前任大魔王。

傷你最深，你最恨的，分手鬧得很不愉快的，甚至現在想起來都還是很想一拳往他的臉打下去的。

或者是反過來的狀況，你愛最深，最難忘的，到現在還是很想念的那種，也是一種魔王。

在回顧每段戀愛的同時，我們也在回顧不同的人生階段，不同時期的自己。

可能想起來會笑，或責備自己太傻。有暴風雪般的歲月，也有風光明媚的夏天。

因為摔得很重，我們學會了怎麼重新站起來，變得比從前更強壯。因為那些混亂，讓我們有機會得以重整，重新檢視自己的人生。

不管那段日子是好是壞，只要我們曾付出真心，只要我們曾認真對待，最後的最後都會得到些什麼。

於是我們懂得了感謝。感謝每場相遇，那個人帶出了你從沒看過的自己，連你也沒想到自己擁有的那些部分。而你也因此更認識自己了。

曾與你相遇的每一個人，都會留下不同的禮物。

記得回憶裡閃閃發光的你跟他，不管故事的結局是什麼，你們都曾經在對方的心裡住過一陣子。

有時看似失去，其實是一種獲得。再爛的戀情，都能讓你有所成長。

失戀儀式感

稍微正面一點的：

你可以裝沒事排滿行程，約朋友拚命出門。

你可以在上班的時候盡量跟同事嘻嘻哈哈，也許笑久了就會淡忘。

你可以壓抑所有情緒，維持表面和平，告訴自己我很好，我沒事。

你可以帶你的狗去散步丟球，看看人群天空，或跟你的貓躺成一團，看窗外什麼都不做一整天。

你可以隨意坐上一班公車或捷運，像遊魂似的毫無目的地移動。

你可以在沒有人的河堤海邊，看星星與月亮，回憶你們一起作過的夢。

你可以暫時放下一切，一個人去曾經是兩個人嚮往的地方旅行。

你可以去野餐，露營，聽演唱會，看展覽，喝咖啡，完成那些沒有機會一起完成的事。

你可以整理打掃住家環境，丟掉不要的雜物，把馬桶跟浴室每一塊磁磚都仔細刷乾淨。

你可以瘋狂運動流汗騎車，或追求心靈的平靜冥想打坐。

你可以在清晨洗澡，你可以在深夜慢跑。

自我流放的：

你可以買好酒跟食物，播放一部黑白老電影，關在家昏天暗地的睡與哭。

你可以無限循環播放那首屬於你們的歌，邊看那些合照和訊息，直到再也流不出淚。

你可以暫時失去生活能力，一攤爛泥，厭惡自己，在好起來之前拒絕跟任何人碰面。

你可以準備面紙去戲院看部悲傷的電影，在前排靠銀幕的位置不顧旁人大哭特哭。

你可以在社群上沉默消失，或卯起來發些看起來很快樂的照片，或寫一些哭天喊地的厭世文。

你可以淋一場大雨，最好分不清臉上是雨水淚水狼狽不堪，狠狠發洩。

你可以失眠可以靠杯，可以跟朋友哭訴怒罵，然後在一個人的夜晚偷偷想他。

你可以在淋浴的時候點蠟燭放音樂，邊唱歌然後放聲大哭。

你可以任性的暴飲暴食，或失去飢餓感食不下嚥，變胖或變瘦。

你可以進行催眠治療，將那些回憶與情感變淡釋懷。

你可以跟朋友唱整夜的歌，聲嘶力竭消耗精力，在天微亮的台北市吃完清粥小菜後躺在床上孤單的睡著。

你可以在酒吧喝通宵，吐個幾遍最後被朋友扛回家，失憶斷片什麼都不記得。

你可以嘗試跟新的人約會，在牽手擁抱親密過後，了解這麼做是傷及無辜也傷害自己然後備感空虛。

以上

僅供參考

如有需要

請盡量模仿取用

不要分開好嗎

本來無一物

我的好朋友說，如果這本愛情的書讓他來寫，只會有七個字。

「緣起 緣滅 一場空」

是啊，這七個字，好像就是愛情的本質。

你追求的戀愛感，其實是很無常與不可控的，說變就變。你不知道它什麼時候來，不知道它什麼時候走。

你唯有在好的狀態，才會遇見跟你一樣好的人。要有點運氣，才會你愛他，剛好他也愛你。要再有點緣分，才會牽起彼此的手，一起走未來的路。而路怎麼走，老天自有安排。多不容易。

愛情來的時候，珍惜那些你們願意互相陪伴的日子，在愛情消失以前，好好去愛，好好去感受。

在那天到來之前，請不要害怕，記住你們曾經無憂無慮大笑的樣子。該說再見的時候，就好好道別。

然後下一次戀愛前，好好照顧自己，好好過日子。我們只要負責把自己照顧好，發自內心的快樂，發自內心的喜歡自己。只要你自己對了，就什麼都對了。

每個人都是在這反覆的過程裡，透過那些一次又一次的失去，漸漸完整自己，學習愛，也教會彼此一些事情。

戀愛說穿了就是這麼一回事，很殘酷，但也很迷人。

所以別依賴戀愛感走進婚姻，你知道的，時間會帶走很多東西，你不能把感覺這種不可控的東西當做某件事情的基礎。你要有所覺悟。

不過，沒什麼好怕的，反正你都已經知道了。

所以繼續愛吧！直到世界末日那天。

LOVE

放遺憾的美麗　停在這裡

和朋友聊起青春往事，她說她曾經有個非常喜歡的男生，比她大幾歲。他們一起聽槍與玫瑰，那個玫瑰歐巴懂很多事，瀟灑又自由，他們總是在彼此的生活中打轉。

不過玫瑰歐巴有女朋友了，當時她只覺得，等自己長大了，也要變得這麼成熟漂亮。

後來玫瑰歐巴的人生像電影一樣，出了事逃到泰國去，跟女朋友也分手了。他不願在最不好的時候跟我朋友見面，而我朋友心裡，一直有個位置是留給他的。

他們從此失去聯絡。

幾年後的某一天，我朋友在上班的時候冷不防接到玫瑰歐巴的電話，剎那時間彷彿靜止了，我朋友的所有專注力都在電話的另一頭，辦公室的同事們在她眼中全都模糊失了焦，她看不到。

玫瑰歐巴說對不起，覺得自己欠她一個道歉，畢竟她是第一個跟他一起聽槍與玫瑰的女孩子。

當時我朋友立刻就在心裡做好決定，只要一句話，她願意放下所有一切，辭職，離開原本的生活，飛奔到玫瑰歐巴身邊。

她還是很喜歡他，他在她心裡一直有一個位置。

可玫瑰歐巴拒絕了，說他無法跟她在一起。

「那之後我明白了一件事，原來人生是這樣的，總會有遺憾，有些人喜歡也不一定能在一起，你們就是注定錯過了。

但多年後的現在想想，這樣也沒什麼不好，也許真的交往還是會分開，回憶就沒有那麼美了。

我真心希望這個人過得很好，他在我心裡永遠有一個特別的位置。不過，他現在如果突然出現，我已經不會願意放下一切跟他走了。」

我朋友喝了一口咖啡。

她現在過得很幸福。

一切都好　只缺煩惱

朋友跟他男友在一起八年，最後這兩年他無時不刻一直有想分手的念頭。

「為什麼不分？」

「因為分手好難。」

他們平平穩穩的，沒什麼狀況，也沒什麼不好。彼此工作都忙，每週住在一起兩天，擁有大票共同的朋友圈，和共同的生活，難分難捨。

但，就好像少了點什麼，我朋友不覺得自己是快樂的。

「那，為什麼不分？」

「因為我怕傷害他。」

他們一起走過了好多年，一起經過了風風雨雨，開心，也吵架。那些回憶，那些累積的情感，哪有這麼容易放下？

都好好的，沒有人做錯什麼，如果提出分手，對方應該會很傷心吧。

「你這兩年一定錯過很多精彩的戀情。」

「還會有什麼戀情嗎？都這個年紀了。」

也許真的不會有，但也可能有一大堆。可是，沒有分手就永遠不會知道。

年齡限制了我們的想像，年齡剝奪了我們的勇氣，年齡讓我們害怕未知與不可控的未來。

「假如你現在是二十五歲的話，會分手嗎？」

「我一定分啊。」

二十五歲時我們什麼都不想，三十五歲時我們深怕有什麼是沒想到的。

十年的差距，比想像中還要遠很多很多很多。

現在無法體會的人沒關係，等你三十五歲就知道了。

習慣成自然　自然成習慣

有時候，相愛是一種習慣。

當愛變成普通的每一天，變成 Netflix 配早餐，變成後陽台曬的衣服，變成水槽裡還沒清洗的餐盤，變成日用品的採買，變成各自的睡眠習慣，變成與你家人吃飯就像與我家人吃飯。

你就像我的某一個部分，少了你的生活，就好像少了什麼。日子一天一天的過，不小心就走了好久好久。

有時候，不愛也是一種習慣。

當愛變成普通的每一天，變成同一個城市的兩條線，颱風跟地震都各自經過了幾回，聽新的歌，看新的電影，談新的戀情，我們還是共同擁有，各自的睡眠習慣。

我們不互相屬於，少了對方的生活，也好像少了什麼。日子一天一天的過，不小心就走了好久好久。

說好要活在當下，卻害怕未來不知道在哪。試圖去辨別愛不愛，最後發現，我們總是愛著那些，我們以為是愛的習慣。或著，我們以為是習慣的愛。

原來當愛習慣成自然，我們根本愚昧得無從辨別。我們只能決定繼續，或者決定分開。

我們只是，戒掉一個習慣。

我們只是，培養一個習慣。

關於愛，與不愛。

他離開的第一百天

失眠了好多個夜晚，有一天突然能睡了。

跟朋友在一起的時候，能發自內心的笑。

吃得多了，也開始品品酒。

想學習新的東西，還想好好打扮自己。

不必工作的日子，安排更多的事情，去更多的地方，日子還挺充實的。

故事突然翻到下一篇章，在我們以為悲傷不會消失的時候，在我們以為永遠失去愛人的能力的時候。

又或者，只是習慣了，忘了。再沒力氣去想，就被生活淹沒。

時間推著你，推著我，將我們推向全新的宇宙，那裡的我沒有你，那裡的你也沒有我。

有時候烏雲會突然把太陽遮住，但是很快，烏雲散去，陽光又露臉了。

當時認為進入永夜，最終也還是看見了白晝。

那大概是因為我們生出了勇氣，真正的接受了當下，真正的面對了現實。

那些曾經以為過不去的，曾經以為多麼與眾不同的，經過時間風化，全都變成沙塵，落入凡間成為平凡的故事。

他離開了。今天是第一百天。

這個世界上沒有什麼是永遠的，就連傷心也是。

你的情歌

曾經在某一個時期聽著差不多的幾首歌，後來無意間再聽到，當時的心情還有感受，幾乎能夠完全還原，連結到你們最快樂的那一天。

想著他的歌，約會的歌，因為靈魂如此相像而慶祝的歌，安靜的，軒昂的。吵架又和好，捨不得分開，忍不住聯絡，不同情節，聽各種歌曲，反覆的聽，彷彿連身體細胞都記住了這些音樂，於是那些起起伏伏的心情，都有了旋律。

後來的生活裡沒有他，有些歌，你也不願意聽了。

也許感覺時間飛快是因為思念太滿，那些講起來遙遠的回憶，有時清晰到就像昨天。

分開幾年後的現在，陰雨濛濛灰色的傍晚，一個人在家用黑膠唱盤播放爵士樂，黑人女歌手唱著 Talk to me oh can't you see Darling I love you so 的時候，突然哭了。

你想起幾個月前旅行時住的酒店房間，最後一場談話的那天下午，也是這樣的天氣，後來好像還下起暴雨，你大哭了一場眼睛都腫了。

心碎的聲音是聽得到的，不管有多麼放不下，那個瞬間你就是會知道，真正道別的時刻已經來臨。

最後的最後，就算用盡所有努力維持優雅，你心裡卻很清楚，在所有的愛情戰役裡，你從沒有撤退得這麼狼狽過。

比起他不再愛你了，更難過自己再無法像從前那樣愛他。

原來有些事情需要時間漸漸懂得，或者說，需要時間才終於願意了解接受，那些屬於你們的日子已經過去，再捨不得，但都過去了。

此刻這是一首新的歌，你們從未討論過，從未一起聽過，無關任何人，只屬於你的情歌。

你知道現在開始，也有只屬於自己一個人的情歌了。

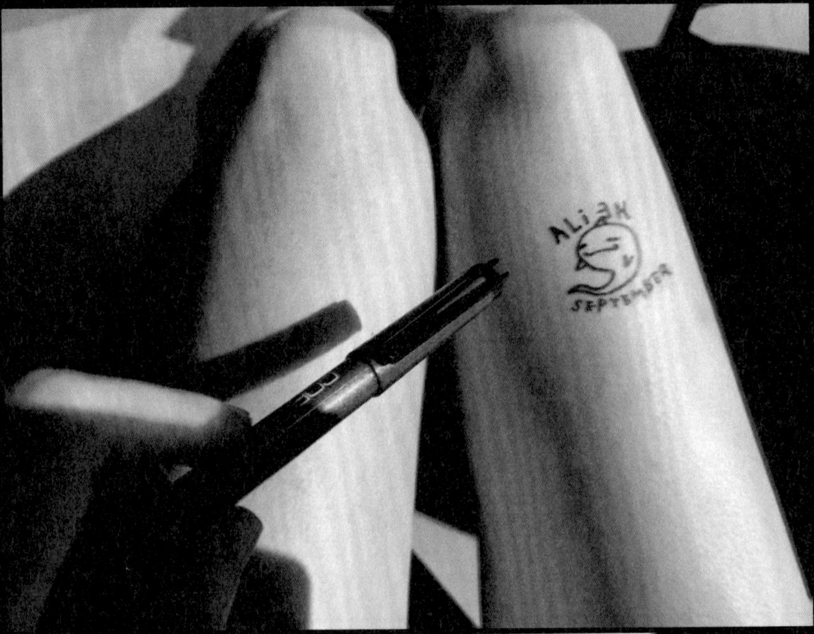
ALiƎN
SEPTEMBER
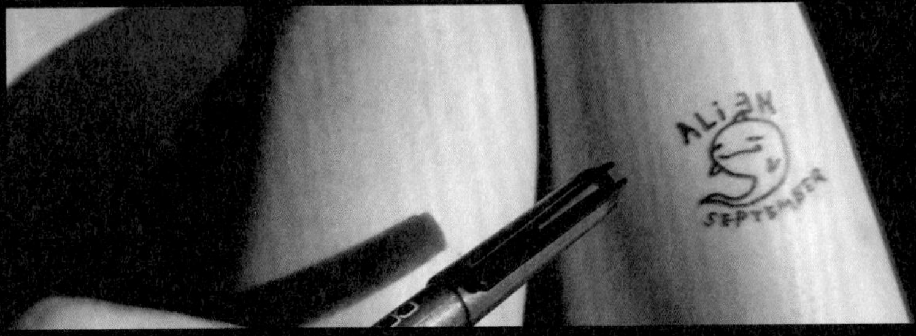
ALiƎN
SEPTEMBER

夏天和你

我還記得在豔陽高照的日子走路去買咖啡，額頭微微冒著汗，回到小小的房間，想辦法打開那台壞掉的冷氣，海市蜃樓般的下午。

你鬧起來幼稚得毫無道理，認真說著大道理的時候又不禁令人著迷。

我喜歡你吃醋大過你裝作無所謂的樣子，我在意你的心情大過我自己的。我討厭腦袋無法正常運作，邏輯與判斷都失去水準，我討厭先說「對不起你不要生氣了好不好」這樣的自己。

我想像我們看了一場電影，穿過人群，像街上任何一個人的樣子，普通到那麼不起眼沒人看見。也許喝了一杯好喝的咖啡，看了某一個展覽，到公園散步，聽著同一首歌。然後走很多很多的路，有永遠都結束不了的話題，站在家門前互相依依不捨的說，明天見。

但那些耽溺的青春和情感，沒來由的想念和憂傷，都只是一場夢境而已。

我在泡澡的時候睡著了。

我醒來的時候在浴缸裡，廣播正好播放著那首歌，令我想起了夏天的溫度和你的氣味。

不曾存在的那個夏天，和不曾存在的你。

漫長的路　寂寞的夜
在心裡面　哭泣的夜

少年喝多了，很少看他這個樣子。臨分開前他低著頭站都站不穩，卻還堅持比了中指跟大家道別，讓我感觸良多。

當我們都在討論卡帶，這個人說他連主機都沒有。

因為是跟大家在一起，所以他很放心的喝醉，很放心的把自己交給我們。

送他上車，我想，這個年紀誰沒有吃過幾個悶虧受過幾個委屈？誰沒有幾個說不出口的故事？

那些最後不了了之的情感，多少有點遺憾，傷口也可能無法癒合，或永遠沒有康復的一天。日子還是要過，我們只能假裝自己長大了、沒事了，然後，假裝久了好像就變成真的，裝著裝著，就是一輩子了。

等到心痛時候我們才會發現，原來我還是那個二十歲的少年。

台北市的深夜還是很多人，我懷疑這些人都為了不同原因同時失眠。他們在騎樓下叼著菸寒暄，偶爾大笑出聲，呼出幾口白煙，臉紅通通的，不知道是喝多還是太冷。

可以心痛多好，我們還活著。

可以心痛多好，我們還愛著。

改變 如同地形一般的

愛情的到來和離去，通常都沒有任何理由。
愛情裡，快樂的樣子都差不多，是那些悲傷使我們每個人與眾不同。
他遺留給你的，就像河川遺留給大地的那樣。

你還記得那條蜿蜒曲折的形狀是屬於他的河，曾經反射陽光，靜謐到你溺死在這裡，感覺卻像回家。

直到所有的水都蒸發了，你睜開眼睛又重新活了過來，那感覺反而像死亡。

從此你明白失去的就是永遠失去，你不再是原來的你，不會一樣，不可能一樣。

時間從河水乾涸的那一天就停止了，四季更迭，身邊的景色不停變換，你沒力氣追上，也不想追上。

而試圖去抓住逐漸消失的東西，是多麼傻的事情。就算等到了另一條河，傷心的痕跡也未必太過深刻。

愛情的開始都很類似，改變我們的，或許是那些死去又重生的場面，和你從不曾忘記的某一個名字。

心病　還需心藥醫

後來

我像個病人一樣

日子不知道怎麼過的

就這樣過來了

我想不起來上星期做了什麼

我想不起來昨天晚餐吃了什麼

可是很奇怪

關於我們的事情
到現在還是好清楚
怎樣都沒辦法忘記
我也不知道
是不是我不肯忘記

一天又要過了
我沒有任何想做的事
只是一直想一直想
你知道

這其實是個陷阱
因為有些問題根本不可能有答案
但我
還是抱著一點點的希望
說不定答案會就這樣被想出來
然後
一年又要過了
另一個夏天來了
我還在想

但我們已經走得太遠
答案早就不重要了

我無法愛上任何人
也無法愛上自己

後來
我像個病人一樣

像極了愛情

我好像受了很大的傷
心裡有一個很大的空洞
風來了
穿過我
愛和仇恨也穿過我
各種東西都可以輕易的穿過我

然後製造出悲傷的煙霧
將我緊緊環繞
什麼都看不清楚
靈魂還在原地發愣
始終沒有回過神
可身體已經走了好遠

於是在如常的風景裡失衡
看起來漂漂亮亮的
裡面跟鬼屋一樣

不管怎麼走
都會回到原點
在鬼屋裡迷路
一點也不好玩

任憑我怎麼聲嘶力竭
只有自己的聲音孤單迴盪
這裡沒有人
風來了
心裡有一個很大的空洞

我好像受了很大的傷

彷彿死去的那一年

「值得嗎？」舊家裡那個以前的我的鬼魂問我。她死去之前還滿快樂的，關於生活的每一件事都讓她感到滿足。

我還是很想念跟喜歡，當時溫暖又明亮的，變成鬼魂之前的那個自己。儘管她已經是鬼魂了。

原來死之後是這樣的，跟之前作的那個夢差不多，就是無盡的虛空與黑暗，只剩下意識，沒有所謂的靈魂，更沒有肉身。

受困其中，無法重返人間，沒人超渡，拖著身邊的活人在地獄受苦。

「是部悲傷的恐怖片呢。」我的鬼魂試圖搞笑，讓我覺得有點淒涼。

我想我們的差別就在於，我一直沒有喝下那碗孟婆湯，還在奈何橋這頭猶豫著到底要不要走過去，而你已經重新投胎了。
世界之大，何止是沒有交集的陌生人這麼簡單，我們已人鬼殊途。
真希望我能變成厲鬼，在你獨自入睡的深夜，站在你床邊。

花開花落　終有時

這個世界上，無論是情感或記憶，健康或青春，初衷或熱忱，鄙視或景仰，一切有形與無形的存在，都難逃時間的考驗。

人生或許是這樣吧，雖然經常想起某些美好片段，但那畫面終究只能在回憶裡重複播放，好像一部你最喜歡的老電影，但只存在底片膠卷裡。

那些味道和聲音，所有的表情和心情，都無法再重現。

因為我看著你就只能這樣笑一次，下一次，永遠不會和現在這個笑是一樣的。

因為我們和上一次見面時已經不一樣了。

我想念的，是當時愛著我的你，還有願意追隨你的那個自己。
儘管再怎麼捨不得，事實是，我們都已不再如初了。
時間面前沒有例外，我們和愛情都不會是。

失戀陣痛聯盟

說再見的那一天起不知道失了多少眠。總是在等待，但不知道在等什麼，人明明在家，卻感覺沒有地方可以回去。

有些歌暫時沒辦法聽，有些話題避之惟恐不及，在特別難受的時候喝點酒，沒想到喝了酒之後卻更難受，情緒瞬間湧來，被想念淹沒，不呼救，以為自己還有理智。

那樣的哀傷和好多沒有答案的問題，全部揉在一起，就像陣痛。下雨的日子，去市場買菜的週末，加班的夜晚，看早場電影的影廳，隨時，隨地，陣痛突如其來。

從幾天到幾週，到後來幾個月才發作一次，漸漸的，好像已經習慣了。想起從前，已經不那麼痛了，你可以聊起原本避之惟恐不及的話題，有些歌，又開始聽了。

寫起週末計畫，挑起新的衣服，開始接受另一個人送你回家。有時候覺得前進了一點，有時候又覺得，好像什麼都沒有改變。但是吃得下，也睡得好。

雖然偶爾想起往事還是隱隱作痛，但那就像呼吸心跳一樣，每日自然運作，成為你的一部分，你已學會不去在意。

你知道，你正在痊癒的路上。

還有什麼好怕的。

可惜愛　不是忍著眼淚　留著情書

又讀了一遍他留下的那封信，你還是不願相信他不會再回來了。

好多雙涼鞋還沒穿，夏天已經結束。

秋衣還未穿暖，幾個寒流已經開始排隊。

他走了以後，彷彿失去所有感知，感受不到時間流逝，睡醒也記不得今天是幾月幾號，就這樣走過幾個花季。

蟬鳴又響起了。

再想起那封信，卻有點記不清究竟被忘在哪個抽屜。

某個無聊的假日午後隨手打開櫃子，回憶跟信件一起掉了出來。

那封信已經有點發黃，紙張表面皺巴巴的不是很平整，還有幾個被眼淚浸濕的痕跡。那些字，都會背了。

你再想起那個人，他的樣子也跟著泛黃，輪廓模糊得像幽靈一樣。

曾經那麼確定，現在連他的死活都懷疑。

你不再翻塔羅牌，不再等待每週的星座運勢，因為你並沒有從任何一個夢境中得到暗示，也沒有在哪一本小說的字裡行間裡看到預兆。

你好像懂了。

答案是什麼一點都不重要，原來沒有答案也是一種答案。

他不重要，此刻的你自己才是世界上最重要的。

把信摺成一架飛機射出去，像你們一起有過的時光那樣，這一次，送他去很遠的地方，別再撿起。

不在乎天長地久

你可曾想過，愛情最好的狀態是什麼？

跟世界上其他很多問題一樣，這是個沒有標準答案的申論題，每個人，每個階段，都可以給出不一樣的答案。

我相信愛是有壽命的。當愛情的氣數已盡，就是兩個人不同步的時候。

現在的我，認為愛情最好的狀態，就是兩個人同步。

小到時尚品味、美感喜好，大到事業野心、價值觀人生觀，如果兩個人的想法與感知，對未來的展望和自身的期許都差不多，那就是最好的，你們還會繼續彼此陪伴。雖然不知道哪裡是終點，不知道會走到什麼時候。

時間久了，有些人走著走著，理念漸漸不同了，好像彼此不能認同的點變多了。但也沒有對錯，就只是不再適合了而已。

可能人都是階段性的吧，一直在變，一直在成長。有時候會長成什麼樣子，我們自己也不知道。

這大概就是所謂的緣分，在某些時候我們互相需要，在某些時候，我們不再互相屬於。

人生充滿遺憾，但我們的故事往往也因此而更美好雋永。

愛過，就是最好的結局。

無病安逸　有病呻吟

關於愛情，比起未知，人更容易選擇已知的安逸。在年歲漸長的時候發現，安穩的情緒狀態跟生活，似乎是人人都想追求的境界。

偶爾我們還是會想著那些沒有走過的路，那些沒有去冒的險，就只是想著。想著想著，時間就這麼過了，年華就這麼老去。

我們都忘了，想要得到從沒擁有過的東西，就必須做從沒有做過的事。

我們是否還有勇氣改變？

新的路也許會陌生，也許會害怕，但有的也是全新的風景，全新的感受，和全新的獲得。

這段路上的痛苦不失為一種成長。

不需要太害怕，因為世間萬物的本質都是短暫的，快樂如此，痛苦亦是。

所以快樂的時候好好珍惜，痛苦的時候告訴自己總會過去。

人生就是風雨天晴不斷交替，沒什麼了不起。

愛情開始到結束這條路，峰迴路轉，九彎十八拐。在我們尋找，傷害，背棄，陌路之後，還能一如既往的相信愛情，何嘗不是一種勇氣？

的確，生命很擁擠，時間很緊迫，但愛，可以很寬廣，很多事情，都有機會從頭來過。

這一次，有病呻吟。

相愛本身就是一種病，我們看誰先康復。

再見 少女

農曆七月，遠在他鄉，我跟朋友說了一個應景的故事，關於少女溺斃在沒有水的泳池的故事。

然後我們討論起，如果催眠可以把一個想法或念頭植入腦海，那是不是也可以把某個想法或念頭從腦袋裡取出來？

她說，白癡催什麼眠，穿越還比較實在。

我想是這樣的，每個人心中都住著一個少女，有的人只是假裝看不見而已。

少女對愛情的信仰讓我們受傷。

當我們受傷了，少女會躲起來，我們找到少女置她於死地，她可能從此變成孤魂野鬼，陰魂不散。萬一殺不死她，玉石俱焚，兩敗俱傷。

當愛情來了，溫柔的呼喚少女，出來玩啊。然後再溫柔的，用桃木劍刺穿她的心臟。

這一次，再也不見。

超渡完畢，了了所有心願，無牽無掛，我們再好好的，去當這個社會所謂的成熟大人，談一些所謂的成熟戀情，走入理所當然、毫不懷疑的那種未來。

我們無非只是要保護自己再次免於傷害，到頭來卻還是在傷害自己。

到底殺死少女有什麼好處？對愛情有信仰錯了嗎？

鬼門開，不要玩水，說說鬼故事就好。少女的鬼魂至今還在泳池徘徊。

我還在跟少女的鬼魂捉迷藏，我想這輩子，她是不會放過我的。

活像個孤獨患者自我拉扯

我已經不太哭了
生活好像又變回從前那樣

做一樣的事
去一樣的地方
見一樣的人

我坐在那裡
他們總說我不在那裡
問自己是真的嗎？
連自己都快要無法確認

有時候覺得看不到希望
不知道自己在堅持什麼
又拚命告訴自己未來一切會好的
充滿很多正面想像

我相信的那個東西
有時候很強壯
有時候又小到快要看不見

就這樣一直反覆

我試過交給時間
我以為自己可以解決
也跟自己說

會好的
我看起來很好

我其實不太好
只是越來越習慣這一切而已

現在的我沒有任何東西可以相信
也已經不知道可以相信什麼
甚至懷疑我的每一個感受
每一個念頭

是否真的屬於我
覺得自己此生從未這麼清醒過
也懷疑自己其實不曾醒來

大腦騙了你
也騙了我

也許

都只是深度的自我催眠而已

一個人的江湖

張嘉佳說，暗戀，是一個人的兵荒馬亂。這句話說得一點也沒錯。

默默喜歡一個人很有趣，在他不知道的時候，在所有人都不知道的時候，你也許在心裡已經殺死想像中的情敵一百次，幻想過一百種相遇時的場景，對著鏡子練習過一百種微笑，設定好一百種開場白和他可能會說的話。

休假日要去哪裡，以他的喜好為參考標準。他喜歡的樂團表演，他打工的咖啡廳，他好友的畢業展，他可能有興趣的電影，好像去了這些地方就可以更接近他，順便模擬他的日常，心裡有一絲期待，千萬分之一的可能，他會剛好出現在這些場合裡。

他今天發文的內容是不是有什麼暗示？這張笑起來很好看的照片，是誰幫他拍的？大合照裡站在旁邊的女孩子，跟他很好嗎？

猜想他今天忙什麼，去了哪裡，都跟誰一起，有沒有好好吃飯，是不是還習慣晚睡，心情如何，都是誰能使他快樂呢？

發揮名偵探精神，抽絲剝繭，層層推理，心情跟著起伏，忽高忽低，最後跟自己說，沒事，就是一群朋友一起出去，這女的剛好站在他旁邊，而他們剛好笑得很開心，如此而已。

所有情緒都被他牽動，他的一舉一動完全左右你的心情。在心中跟自己過招，有時喪氣，有時振奮，有時心頭一緊，告訴自己，沒事的沒事的，他還是那個他，乾淨整齊，不會談戀愛永遠單身的都會男子。

戀愛是武林，兩個人互相比劃一較高下，看誰更勝一籌。暗戀，是一個人的江湖，縱使孤獨，也要擋下所有可能與你有關的武林。

於江湖中飄盪，為所愛之人傷神，動腦，翻山越嶺，跋山涉水，只為求有朝一日相濡以沫。

直到他與另一個你想都沒想過的人墜入情網，你悔恨自己從沒有對他發出戰帖，至此隱居山林，打算把他徹底忘記。

相濡以沫，不如相忘於江湖。

既然相忘，就別再相見。

溫室裡的泥巴

K跟身邊幾位比較常見面的女性朋友，都不喜歡所謂閨蜜式的肢體接觸。

不是說這樣不好，而是個性使然她不喜歡。比較熟識的朋友都知道K的個性，所以朋友間無論男女都沒有這樣的習慣。

K的個性有點孤僻，不太喜歡人群，人群會讓她感到焦慮。出社會工作多年，這樣的焦慮減緩很多，但面對大批人群的場合，有時候還是會感到緊張。她曾經試圖走入人群，不過怎麼樣都無法真的開心起來，那之後便不再勉強自己，順應自己原本的個性去生活。

K認清了自己是個需要距離的人，與人保持距離讓她感到自在，面對面的距離或心裡的距離都一樣。

她總覺得人是很麻煩的生物，一旦走得太近形成群體就容易產生很多問題，不必要的社交又讓人備感疲勞，而且她始終認為，交朋友，重質不重量。

偶爾在一些工作的社交場合，K會遇見第一次見面就對她勾肩挽手的人。男的靠過來有意無意像在吃豆腐，K總是技巧性的拿個東西或倒杯酒就可以脫身。女的靠過來反而讓她不知道該用什麼理由拒絕，手被牽著找不到適合的時機甩開，只能尷尬又不失禮貌的微笑，祈禱對方快點把話講完。

兩種情況她都不喜歡。

某天，K從臉書上看到剛分手的男友跟另一個女人的甜蜜合照，他們抱在一起笑得很開心，就像熱戀中的情侶。

他懷裡抱的那個女人，K在公司春酒上見過一次，天真無邪拉著她的手喊她姊姊，還跟她說了很多戀愛煩惱。

從此之後，K只要遇到剛認識就跟她勾肩搭背的男男女女，都笑著說不要碰我。

有個性的人一定都有故事，K說，不要太信任初次見面就可以牽著妳的手聊心事的另一個女人，她要不是裝熟，就是不懂得與人保持禮貌距離，或是對妳的男人有意思。

也許，適當的難相處並沒有什麼不好。

我恨我愛你

他總是忽遠忽近的。

一下模糊，一下清楚。一下溫暖，一下冷漠。

有些瞬間很熟悉，有些時刻又好陌生。

你知道你們都很努力，把那些情感消耗掉，很努力回到生活。

你知道包括現在，你們把距離拉開，像朋友，但是又不聯絡，這些都是必然。但是當你察覺到這些變化還是很難受。

那些碰面對他而言或許只是方便，或許是他的掙扎，你知道他也試圖往前走。他可能，也在忙著面對其他的課題，沒空管你好不好，但你會因此而受傷。

你一直都感覺得到他，不知道從什麼時候開始，你感覺不到了。

那個下午看著他，一直看著他，你也已經看不到他。

你總是以他為優先，一昧的付出沒有底線，忘了愛自己，忘了問問自己在愛裡的需求是什麼。

這份愛從來沒有機會被好好對待，現在想來令人傷感。

最後你們都受傷了，你們也傷害了對方。好一段時間都在忙著把自己撿起來維持生活，現在終於有力氣跟對方說，對不起，我們別再聯絡了。

你終於捨得好好的把他放下，用自己的節奏，緩慢而確實的。

從今以後，人生裡做的任何決定都不要是因為他，單純的回到自己。

沒有寄出的那封信

嗨！好久不見。你好嗎？

已經很久了，還是經常想起你。習慣了想著你去做任何事，想像你在旁邊，就這樣有種錯覺，好像跟你一起看了很多電影，一起去過很多咖啡廳。

有好長的時間，我反覆回想那些相處的點滴，你看我的眼神，你說過的話，你好愛我的樣子。我好怕這一切就這麼淡掉，然後就真的結束了。

緊抓著過去不放，沒辦法好好站穩在現實生活裡，想要緊握正在消失的東西，實在是太蠢了。

把自己折磨得好累，累到有一天強迫自己不要再去想了，關於你的各種事情，都不要再想了。

於是，生活逐漸恢復規律，我也不再那麼常掉淚，時間讓我重新生出力氣，重複的日子沖淡記憶裡你的輪廓，我才知道，原來想念是需要勇氣的。

當我不夠勇敢的時候，想念你便是一件痛苦的事。

我很好，我已經敢想你了。

你呢？現在好嗎？

昨日的風景　今日的你

從捷運站到家裡的這條路，不知道走過多少次了。

有晴天也有大雨，有潮濕悶熱的夏季，也有寒流來襲的冬夜，流過淚，也有忍不住大笑出聲的時候。如今這條路看起來好像有什麼跟以往不同。

印象中你曾與另一個人在同一個夢裡，而那個夢現在只在你的心裡。

有些時候以為稍微遠離了那個沒有答案的混沌不明，但其實一直深陷其中，從未離開過。

人在混亂脆弱的時候，往往會抓住最熟悉的東西，覺得有個地方可以回去。載浮載沉太久，稍微上個岸可以避免溺死，這關乎求生本能，無關乎愛情。

你是明白的，卻還是放任自己輕易的走進一段關係裡，傷沒必要的心，愛沒必要的人。

似是而非，連那些最零碎的都瓦解了，說不一樣，核心也只是走重複的路而已。今天笑起來的，今天哭泣的，都會過去。

原來哀傷會侵蝕我們的內心，從外表是看不出來的。

路還是路，風景還是風景，只不過你早已不是你。

離心力與你永恆拉扯

在想念的同時
討厭你也討厭自己
在喜歡的同時
討厭你也討厭自己

時間久了

想念你跟喜歡你的感覺
被大腦歸類為負面的東西
這些本該要是美好的東西才對

我們不自覺的把對方
跟某部分的自己
歸類為負面的

進而無法發自內心去喜歡自己
逐漸失去光彩

煩到想要拋開
情緒跟狀態是一陣一陣的
隨著時間
形狀一直在改變
該替你開心

至少你已經逃出了這個漩渦
在你的認知裡只有自己
已經沒有所謂的我們

剩下我
還在外太空漂流

傷離別

你善於等待，在感受不到愛情的時候，總是等著對方先提出分手。

熟悉的日子沒變，每天義務性訊息道早安晚安，朋友還是同一群，下了班一起晚餐，週末到他的住處過夜，鹹酥雞，紅酒配電影。

只是對他不再心動，像認識多年的好朋友，卻再沒有親密的可能。

一天一天，覺得自己好卑鄙，當他說愛你，你沒有對等的東西可以回應。

直到你從另一個人的眼睛裡看到星星，你感到快樂，想辦法撥出更多時間跟他見面。

討厭這樣的自己，講起來就像個混蛋。卻也喜歡這樣的自己，靈魂新鮮有活力。

有時我們期許自己純真善良，說的話跟做的事卻像個混蛋一樣。

你終於意識到，你的軟弱，有時會不小心傷害到別人。即便不是本意，但傷害仍成為了一種事實。

不想在結束一段關係時搞到你死我活、刪除加封鎖，結果故事的最後你還是成為了壞人。

也許那些自以為是的等待，只是缺乏面對現實的勇氣。

我們都忘了該怎麼好好道別，也忘了人生裡，最該等的人其實是自己。

時間有限，青春寶貴。

該說再見的時候不要猶豫太久，畢竟相愛一場，就好好的說再見吧。

只是怕親手將我的真心葬送

陰雨綿綿的天氣不知道持續了多久，久到你太習慣，有一天忘記了要數日子，也就這樣忘了長久以來模糊黏膩的感受。

好像因為遺忘了灰暗，好天氣才願意出來。你才有機會走出去，然後不小心，跟他在書店門口發現拿錯了對方的傘。

交換臉書之後，你們偶爾私訊閒聊幾句，他從不留言，你只能稍微期待他偶爾出現按讚。

出於好奇，你點進他的頁面看過往貼文，規矩又神祕，跟你一樣喜歡看展看電影，喜歡那些復古有型的咖啡廳。

半開玩笑的早午餐之約，兩個人都出現了。

「反正剛好，我之前就很想來這家餐廳。」他有點不好意思。

你笑個不停，因為這個地方，你也一直很想來。

飯後散個步，並肩一起走，那些被太陽照到的地方都開出了花，以致於有種錯覺，身邊這個位置，好像原本就是空出來給他的。

猜想這陣子的溫柔和體貼是否只對你一人，關心是出於好感還是他原本的個性？那樣的玩笑話和誰都可以講嗎？那天坐在公園的長椅，兩人的腿碰在一起，誰都沒再移動過。送你回家，紳士的說晚安看著你進門。

他笑起來真好看，多希望每天都可以見到他。

你有點羨慕起，跟他談過戀愛的那些女孩子們，但你實在沒有勇氣告訴他這份心情。

害怕突然又下起雨，於是最後的最後，你決定維持現狀繼續曬曬太陽。

就先這樣吧，這樣也挺好的。
那把拿錯的傘，現在還掛在後陽台上。

星期三的祕密戀人

他和她的故事很短暫，不過就是一個春天，他幾乎都穿短褲配球鞋，而她剛換上碎花洋裝的溫暖時節。

故事的開始總是以魔幻包裝一切，感性大於理性，又剛好有多出來的時間，和無法安置的情感恣意氾濫。

兩個成年人碰在一起，不知怎麼好像忽然都成了青少年，投以最深情愛慕的眼光，接緩慢而深刻的吻，煞有其事吃無聊的醋，在半夜坐火車到另一個城市只為見上一面，那些言歸於好之後的親密，緊緊相擁到快不能呼吸，拚命想記住彼此的氣息，都是這輩子第一次產生的心情。

連下著大雨的日子都讓人感到愉快，兩個人在屋子裡叫餐看影集，身體挨在一塊，手還要牽在一起。每個星期三，不管什麼天氣，他和她都會見面。

只是說好不在她的住處留下任何東西，香水，相機，保濕乳液，無所謂，就連牙刷都是一次性的。用她的洗髮精也挺好，至少隔天兩個人還能散發一樣的香氣。

沒有見面的日子，他總是在等她的電話，雖然很想立刻打給她，聽聽她的聲音，說一句我好想妳。他盡量安排自己的生活，和同事朋友聚會出遊、露營爬山，某個安靜的片刻又想起她，好希望她也在。

上個星期三見面的時候，她趴在桌上睡著了。他在旁邊看著她好久，以為他們會就這樣掉進什麼時空裂縫，從此無限循環這一天，沒有過去，不談未來，只是重複的度過兩個人在這屋子裡的時光，相親相愛的一天，永遠的星期三。

真希望這份愛凍結在此刻，所有狀態都被冰凍起來，交給宇宙保管。某天小心翼翼領取出來，兩個人一起將愛解凍，或是聯手將愛打碎。

「對不起，在你身邊感覺很安心，我不小心睡著了。」她抱著他，撒嬌，道歉，把臉埋進他的肩。

預設提醒的鬧鈴響起，他該回家了。

像是魔法過了午夜，他失去身分，或者也談不上失去，他從來都搞不清楚自己是否擁有她。

繼續保守祕密，若無其事過完剩下的六天。直到星期三，她又成為了他的戀人。

好累。

他只是想要談場普通的戀愛而已。

修煉愛情

以前我不知道，婚姻和愛情原來是兩回事。

我身邊單身的人寥寥可數，結婚了、有孩子的占大多數，我們互相分享生活，進而了解在一段長時間的感情裡面，大概會有什麼樣的風景跟什麼樣的狀況。

婚姻也和一段長時間的感情差不多意思，會遇到的問題可能也都很類似，但，還是有點不太一樣。

婚姻是真正的，讓你們成為法定上的伴侶和家人，這個決定和承諾，因為牽涉法律，我認為更像是共同經營婚姻企業的簽約合作夥伴。

不論有沒有結婚，長時間的關係裡，愛是有許多樣貌的，也會一直變化。不光只有正面的東西，我相信愛包含了更多更深層的意義在裡頭，不是只有我愛你、你愛我，永遠在一起那麼簡單。

你們會一起經歷感情裡的四季，走過盛夏，也要禁得起寒冬。一起學習包容與調適，必要時，當另一個人墜落你要想盡辦法將他接住。

你們會遇到許多考驗，大大小小的關卡，測試你們是否真的有決心走到最後，會不會有人先放棄。

愛情就像是修行，婚姻就是修煉愛情。

愛有許多面貌，愛有各種可能，但生活卻是日復一日，柴米油鹽，如此平庸的一件事。

或許婚姻就是和另一個人一起走入平庸，攜手踏上愛情的終極修行之路。

聽起來，要和你一起走入婚姻的那個人是誰，好像變得格外重要。

談戀愛時會逃避或不負責任的這種就還是算了吧。

寧缺勿濫　非誠勿擾

W小姐在多年前的一段關係結束之後單身至今。

說是單身，她還是有許多開心的事，包括那些露水姻緣，交友軟體，和偶爾的小豔遇或是被同事暗戀等等。

她是個很會跟自己相處的人，有想法，會做菜，廚藝還不錯。放假的時候，會為自己安排各種旅遊行程，歐洲幾個地方她都遊遍了，著名的景點，美術館，有名氣的咖啡廳，就算一個人也很開心，有時心血來潮還會拍照片、影片跟大家分享。

她已過適婚年齡，沒有孩子，沒有固定伴侶。

她的住處只放自己愛的東西，家具和擺飾不多，那些配件飾品和大衣，還有每一雙鞋，都是她很喜歡的。

上網瀏覽各種精品是她的樂趣，有預算就下單，等待包裹與收到包裹的時刻都讓她感到快樂。

簡簡單單，又那麼恰到好處，多一分太多，現在的一切都剛剛好。

她自身條件優越，不乏約會對象，她約會過的人很多，條件好的卻越來越少。她懷疑這個世界好像存在某種配對遊戲，當大家逐一找到對象，年紀越大，待配對的人就越少，要遇見和她一樣享受生活和獨處的人就越困難。

無所謂，每週固定運動，和朋友聚會出遊，生命中的一切去蕪存菁都是她所愛，心情愉快踏實倒也足夠。

只是身邊朋友們的感情故事聽多了，也常在半夜接到好友打來哭訴的電話，然後開始錯覺自己也曾經歷這樣的情感境界，每次心都跟著死去了一點，久了也覺得累，戀愛就更談不動了。

W小姐一個人倒是樂得輕鬆，想幹嘛就幹嘛，很滿意自己選擇的人生。

不過她心底深處還是有那麼一點點期待，那個屬於她的特別的人會出現。或許，在她熟悉的剛剛好的生活之中，會因為那個人的加入而有什麼新鮮的改變也說不定。

除此之外，她非常快樂。

情人劫

一年裡，屬於情人的日子很多，冬天尤其是。聖誕節，跨年，情人節，白色情人節，都是設計好倆倆一組，為戀人們而存在的日子。

除此之外，我認為愚人節也是屬於情人的日子。

有多少人在愚人節的時候告白，騙喜歡的人，然後走在一起。又有多少人在愚人節跟愛的那個人說，我不愛你了，騙的是自己。

也許做個愚人是幸福的。

小時候總以為，決定要開始一段關係是需要勇氣的，好久好久以後我才有點明白，不只相愛需要勇氣，原來離開也是需要勇氣的。

我們在開始的時候總能奮不顧身去愛，每一個當下都希望是永遠，忘記了愛情是減法，兩個人揮霍、消耗著這份喜歡的心情，從愛上對方的那天起就在倒數計時，在未來的某一天，將愛全數耗盡。

可愛情死亡的這天，並不是所有人都有勇氣誠實面對，有些人寧願拖著空洞的軀殼，繼續走在一起像是行屍走肉，說著沒有感情的言語，騙對方也騙自己，把情人節過得像是愚人節。

既然愛了就好好愛，彷彿沒有明天那樣的，每天都是最後一天的愛著。不愛了就鼓起勇氣好好分開，也彷彿沒有明天那樣的，不要浪費彼此的時間。

愛是有壽命的，每天醒來睜開眼睛，都該歡慶你們還愛著對方。

於是戀人們慶祝相愛的日子，在愛情死去之前。

原諒我飛 曾經眷戀太陽

她用等待睡意的時間重複播放同一首歌，試圖喚醒那些像是別人的記憶，寫下文字，記錄關於她的失去。

喝了一杯昨夜剩下的紅酒，她想起之前那趟海島旅行，到了夜晚只有海浪聲跟滿天星星，明明才不久之前，卻感覺好遙遠，想不起來曾經那麼無憂無慮的笑過。

記憶中她從不曾像此刻這麼糟糕，而晃眼已經過了大半年，這半年是怎麼過來的，她完全沒有印象。時間不停的推進，好像只是被生活與工作追著跑，跑著跑著日子就這麼過了，到底是怎麼過來的？她不記得。

一切如常，但有些什麼已經不一樣，她確信，已經不一樣了。無論是此刻的自己或身邊的人，所有的事物看起來都在前進，實際上就像原地踏步那樣，只有時光如同道具布景般向後跑。

生命中這些奇異的突變，像一艘太空船墜毀在小行星上，靜默的爆炸，沒有人發現。彷彿墜入深淵，又心甘情願。

寫下這趟旅程裡所有的冒險，錯誤的，心酸的，甜蜜的，愧疚的。把那些改變全都收進盒子裡鎖好，繼續生活，繼續應付這個已經全然不同的世界。

儘管腳下的路還是不清楚，關於失去也充滿困惑，但時間讓她明白，原來時間不會帶來答案，時間最多帶來面對答案的勇氣。

而答案一直都在心裡，在那個上鎖的盒子裡，她是知道的，她早就知道了。

人生只能不停的往前走，很多謎題還沒來得及解開，也都已留在過去。過不去的都過去了。

第二幕 那些夢裡

登山的夢

昨晚我作了一個夢，夢裡有白晝也有黑夜。

夜晚是潮濕的，下著小雨。我跟夢裡的幾個朋友只是一直走著，沒什麼說話。天亮以後太陽出來了，天氣很好，乾燥又涼爽。

然後我終於看清楚我們在山崖上，土黃色的山，有點草地，也有綠樹，沿路還有一些零星的建築分布。

我們走進一間八〇年代的美式餐館，像公路電影裡會出現的那種，深紅色的座椅，黑白相間的地磚，木頭的吧檯，吧檯後方的架上放了各種不同的酒，和各種不同的杯子。

這裡的客人大部分是老外，有的人抽菸，有的人讀報紙，每個人看起來都像觀光客，但輕聲細語，氣氛安穩愉快。

我望向剛進門的方向，一整大片落地窗看出去，山崖的另一邊，是沒有邊際的海和天空，才發現原來剛剛走過的地方風景這麼美。

我覺得我可以點杯咖啡在這裡坐上很久，反正也沒有要趕著去哪裡。正在四處張望想找個舒服的角落，夢就結束了。

鬧鬼的夢

我在一棟建築內，感覺是以前夢裡就來過的地方。迴旋的斜坡，灰白色的水泥，還有鬧鬼的電梯。

像活動中心、體育館，又像社區。

我好像有一件事情要完成，但想不起來是什麼。我好像要找到某一個人，但想不起來是誰。

我急促的走，一直走，我老是在夢裡找東西，但不知道自己找什麼。

衝進大樓按了電梯，媽的，鬧鬼的電梯是這部嗎？算了，還是走那個迴旋的斜坡上樓好了。

遇到了幾個人，我很想睡，眼睛都快張不開，全身無力輕飄飄的聽他們跟我說話，我感覺自己浮在空中，進入無重力的狀態，像太空人一樣。

他們說我已經死了。走吧，他們說。

我要去哪啊？我不能住在我的新家裡了嗎？我努力回憶家裡的樣貌，是很模糊的，很淡很淡，我有點捨不得，但沒有太傷心。然後我就跟他們走了。

台南的夜

月亮很圓，天空很廣，星星被輕輕撒了一把分布的零散。

月光把花園酒店曬得像公路電影裡會出現的老舊旅館，可以是活屍片也可以是愛情片。

老鼠從斑駁腐朽的木地板底下經過，蚊香跟雪茄，靈異照片和爆米花，然後突然下起奇異的雨。

來到台南之後我經常作奇怪的夢，今晚我彷彿坐在真實與夢境的邊界城牆，只要縱身一跳就是全世界，醒過來，或是粉身碎骨。

我覺得自己好像被誰遺忘在某個遙遠的過去了。

選字的詩 #1

呼吸困難症狀有機會獲得價值
當你徒步走在正確的方向

不需要太過恐慌
不需要樂觀主義

就像一個準時下班的平常日

車水馬龍的香榭大道
霓虹倒映在下過雨的
濕濕的台北市
撐著傘都要去見你

那些永遠無法忘懷的人和事
怎麼樣都彌補不了
祕密
像夢一場

已經連續好幾天不斷擴大
包圍現實生活裡的每個小地方

呼吸困難症狀出現
我又想起從前

而我們
已經消失不見

醒不來

昨晚又在沙發上睡著了，睡了十二個小時有吧，起來的時候昏昏沉沉的，覺得還睡不夠，怎麼樣都醒不過來。

吊扇在旋轉，我看看四周，想分辨腦中大量的思緒跟片段，哪一些是夢。

我坐在這裡，感覺有很多東西想緊緊抓住，身邊卻沒有任何關於這個夢的證據，可以證明昨晚真的下了一場大雨。

小年夜前的夢

我在陌生的建築物裡徘徊，不知道自己為什麼在這裡，也不知道要去哪。走了好久終於走到戶外一個寬廣庭院的地方，然後屋子裡的人陸陸續續走出來看月全蝕。

但是覆蓋月亮的黑影越來越巨大，原來是不知名的行星快速向地球靠近，我心裡清楚我們躲不過這個撞擊，於是我們站在原地沒有太多反應，只是接受了命運，世界就要毀滅，但是心中沒有恐懼。我們趴下，閉上眼睛迎接這一刻，隨之而來的是光與熱。

然後，再張開眼睛的時候是一片黑暗與虛空，只有意識存在著，沒有任何形體。

「然後呢？就這樣了嗎？我不會再去別的地方了嗎？死亡就是這樣嗎？」

那樣的自我對話跟思考，好像永遠不會有盡頭似的，被遺留在黑暗裡，什麼都沒有，非常孤獨的。

只剩下我自己，百年孤寂。

無法靠近的夢

夢裡是白天，在一個空曠像郊區的地方，我像個觀眾，看著眼前的一切，我一直在一個女孩附近，就好像攝影機的視角一樣。

她好像在找人，我跟著她，保持著一定的距離。她不小心跌進河裡，那條河很髒，都是泥，是灰色的。

然後她進到了室內，像賣場的地方，但是都沒有人。她全身都濕了，很狼狽，她還是在找，很驚慌的到處看。

這一刻，我的感受突然與她同步。

我知道她的耳朵進水了，因為我聽到環境的聲音，跟她聽到的是一樣的。

她把耳朵的水弄出來，聽清楚了，我聽到的聲音也變得清楚了。

我看著她，跟不知道從哪冒出來的另一個女孩，她們互相追逐，分不清是想擁抱還是攻擊對方，但她們就好像同性相斥的兩個磁極，始終無法靠近。

氣氛一直都是緊蹦跟恐懼的，但我好像知道自己正在作夢，看著她們怎麼樣都靠近不了對方，我感覺有一點悲傷，然後莫名其妙就醒了。

森林的夢

我在煙霧繚繞陰天的森林中行走，潮濕的泥土沾上靴子的邊緣跟著我。

呼吸聲混著鳥叫聲，世界寂靜而又顯得寂寞。

植物上的露水，與手臂上的汗水，看起來並無分別。

我手緊握著槍，不知道敵人在哪裡，再也受不了於是邊哭邊對空鳴槍，把子彈都打光了。

鳥嚇得振翅飛走，世界寂靜而又顯得寂寞。

我在一棵生長千年的古樹前坐下，靠著樹幹，喘著氣，眼睛始終沒有睜開。

我狼狽不堪，我聯繫不到任何人，我仍走不出這片彷彿沒有邊際的森林。

但我不餓，也不渴。只是有點累了，只是好想回家。

樹葉被風吹得沙沙作響，世界寂靜而又顯得寂寞。

我暫時坐在這裡，等待時間過去，等待下一次敵人來襲，等待永不降臨的救贖。

藏起來的夢

你跟我回家，是白天，我們正開心的聊天，突然我媽回來了。奇怪，我怎麼會以為她已經出門了呢？你只好趕快藏起來。我心裡覺得很抱歉，說對不起忍耐一下，她等等就出門了。

這次你跟我回家，是晚上，我們才講沒幾句話，突然很多朋友都來了。我是不是又忘記跟他們有約？屋子裡很暗，我招呼來來去去的朋友，每個人面孔都很模糊，我卻好像都認識。我保持微笑，一個一個越過他們，電視螢幕的光影在他們臉上閃啊閃，我只想趕快找到藏起來的你，跟你說對不起對不起，我太過分了。

後來有人發現你了，那個人給你一個馬的面具，還有一束花，讓你像特別嘉賓一樣出現給我驚喜，然後你就有如一切常理般，出現在這個派對很合宜。我們分散在這個房子跟這個庭院，和不同的人聊著根本不想聊的天。

突然我的貓跑了，我好不容易才把他們都追回來，醫生不知道給了什麼鬼理由說服我一定得開刀，要看看他們肚子裡有什麼。剖開肚子以後他們就不動了，我好傷心，好後悔答應。

場景一轉，我在一個日本傳統町屋裡，分不出日夜，正在跟一群人決鬥。我們手上都拿著細細的，像是鋁棒或鐵管的東西，我拚命揮舞卻怎麼都發不出力氣，力道很微弱，對方好像不怎麼痛的樣子。

我拿起矮桌上的小刀，又怕不知道怎麼使用會傷到自己，就又放回去，說暫停一下我要休息。然後發現我後頸上不知道什麼時候被刀弄傷了，流了點血，還有一些透明的黏液。

我按著傷口走在簷廊上，不知道要走去哪裡，我只知道要往前走，讓自己看起來是優雅的。

我至始至終都知道你在隔壁房間，但我不怪你沒有出現救我，不怪你沒有為我挺身而出加入這場決鬥，因為你不能被看見。

我心裡明白，就算我對你感到萬分愧疚與心疼，就算在關鍵時刻你得忍著不能出手，我都明白，這是沒有辦法的事。

鬧鐘響了不知道第幾遍我終於醒了，全身痠痛的從沙發上爬起來開燈，想抽離這個有如電影般黏膩的夢。

我怎麼樣都記不起你的臉，抬頭才發現天已經黑了。

被吞噬

過去有好一陣子我老是作些奇怪的夢，很多細節都記得很清楚，像是處在黑暗中只剩下意識，自問自答的那種無盡空虛感。這當中也有類似預知的夢，那種預知可能只是心境或狀態上的，但都算符合。

已經很久沒有作這麼長的夢了，在夢裡去了很多地方，過了很長的一天，有白天也有夜晚，有學校，有市集，還有電影院。

醒來之後只有我自己，太陽很大，貓在叫，隔壁在施工。八點，我看了一眼手機和一年前的動態回顧，然後記錄一下這個夢，決定繼續睡。因為我暫時還不知道醒來要做什麼。

也許我沒有逃出來，我被夢吞噬。

選字的詩 #5

丟了你
也丟了所有的詩詞和句子
再也找不到一首歌
有你曾經的樣子
我看著你
卻看不到你

我見不到你
卻到處都是你

遇見你之前的快樂
跟遇見你之後的快樂
是不一樣的

你消失以後
世界從此一分為二
也不會一樣了

你什麼都沒帶走
我卻把我的一部分
留給你
跟著你一起
不知道去了哪裡
沒有再回來過

再也不完整了
我卻老覺得
或許這麼破碎才是完整的

路太遠
我把你弄丟了
然後
我把自己也弄丟了
這場比賽只有輸家
沒有人抵達終點

颱風就要來了

天氣很好，太陽很大，什麼都不做就微微沁汗。薄薄的短T和薄薄的碎花長裙還是讓我覺得熱。算了算，人生大概是第三次走進大安森林公園，散步，看松鼠，研究坐在野餐墊上約會的情侶，然後跟老外很有默契的幫不知名的鳥拍照。

也許這已經是全台北最接近蘇黎世的地方了，我想起去年夏天那些寬廣到不像話的湖邊森林公園，還有當時的自己，簡直就像昨天。我背著當時在蘇黎世藝術大學買的購物袋，心想時間過得真快欸，又要夏天了。然後呢？

有時我會想，那些沒辦法消化的東西到底都去哪了，我們自己會知道嗎？心靜不下來，好像一直處於等待的狀態，但其實沒有任何可以等待的人事物。好像靈魂的碎片就這樣被忘在什麼地方，始終回不了家。

什麼都在變形當中，什麼都還沒成形。

嗯，這就是二〇二〇吧。

走了很多很多的路，放學的大批學生幾乎要淹沒我經過的每個斑馬線，在走去陶藝工作室的路上，我買了一杯新鮮的胡蘿蔔蘋果汁，來不及拿到窯燒好的作品，在等車的時候一口氣把果汁喝完。

回到家，在陽台放音樂，跟洗衣機不太熟，但總歸還能曬曬衣服。

重複播放 Molly Bruch 的專輯，好像平凡的一天，如同過去的任何一個日子。

還不知道明天，但

颱風就要來了。

終究要面對這一天

我不太過節，但喜歡過年。所有的節日裡，最喜歡農曆新年。

我喜歡一年一度祈求平安健康、闔家團圓，喜歡揮別過去、向舊的一年說再見，什麼都有機會重新開始，送往迎來的節日意義。

今年的年前大掃除好棘手，過去一年太多事，工作忙，心裡也忙，連自己都來不及整理。

此刻看著這個家，它就像反映出我的內心，堆積了各式各樣的東西，大大小小，舊的新的，沒有分類。

櫃子深處，衣櫥的角落，或是桌面，有些區域堪稱黑洞。我怎麼有辦法，把這些東西搞得像俄羅斯套娃一樣？人外有人，天外有天。

原來在工作忙碌的時候一頭栽進自己的世界，在得空的時候又忙著工作忙碌時不能做的事，一年過去，家就是這個樣子。

年就要來了。

整理這條路好長好艱難，不知道下一秒會拿出什麼，是關於哪些回憶，我無法決定這些東西的去留。我還沒準備好，我還沒想好。

每天看，以為這就叫面對，到最後一刻才願意承認，放著不整理就是逃避。

我跟這個家互相糾纏，被它絆住，也被自己絆住。

這次，我不能再等年經過，那樣我可能又會繼續留在原地，又只能看著身邊的人事物不停被時間帶走，離我越來越遠。

有些人已經悄悄往前，但我知道現在起身還不算太遲。

終究要面對這一天，我該動手整理了。

我把生活撿起來　輕輕拍掉上面的灰塵
溫柔擦拭乾淨　它又跟新的一樣

脫隊

「所有人都走了，你怎麼還在原地？脫隊了知道嗎？散場了，下一場的觀眾都要進來了你還不走？」

「……」

「幹嘛？」

「我們，還會見面嗎？」

「……不知道。」

「那這一次，是不是不能說明天見了？」

「嗯，可能吧。」

「好，你先走吧。我，不知道要怎麼道別，也不想。」

「我也不知道。但是，好像也只能這樣了。」

那天之後他去了北京，她還留在山上的那個房子裡，不願與這個世界的非善意連結。

她再也沒有一個安全的棲身之所，能夠安置那些錯位的記憶和情感。

原來她才是不屬於人間的。

他比她更知道自己在做什麼。

樹

上午送走一棵樹，覺得他很傷心。

他永遠佇立在那無論風雨，我卻從沒仔細把他看清楚。最後再看一眼，再摸一摸，嘿，我不是不愛你，只是你可能沒有那麼適合這個家了。

不要難過，你一定會去更適合你的地方，有個人，會努力記住你在不同季節裡的樣子。

施工

天花板重新施工以後，看起來已經是很平靜的樣子了。兩隻貓分別在鞋盒和沙發上睡得很安穩，整個家只有空氣清淨機微微的運轉聲。

對於那些改變了與沒有改變的事，就好像在跑步機上跑了很久很久很久，跑到筋疲力盡揮汗如雨，卻還在原點上那樣的讓人無力。

有那麼一個瞬間我覺得自己的力氣被抽乾，不想再跑下去了。我聲嘶力竭的叫喊，巨大的沉默卻蓋過了我的聲音。

我想這是出發前轉變的未知的焦慮症候群，與容易令人茫然的星期一，交互作用交叉感染而產生的思緒。

夏天／我們在台東

民宿裡飛舞的蝙蝠和各式各樣的蟲子讓人覺得一切都太荒謬了，感覺這趟旅途一片黑暗。

慌亂結束關上後院的燈看到滿坑滿谷沒有邊際的星星，瞬間人生又亮了。

不知道以後，不知道今天，不知道下一秒，其實連現在都很難說。放下你無法控制的東西，原來會輕鬆很多。

感謝我的室友冒著生命危險一邊尖叫一邊煮菜給我吃。

嗨！台東。

命中注定

也許失去某些記憶，我們才能繼續生活，我們才能真正的重新開始。

所以我們不會有前世，前前世，前前前世，或是更久遠以前的記憶。

我們只是暫時忘記曾經的情感連結，那些都被保留在潛意識裡，只是我們不會知道，因為此時並不需要。

緣分，在這輩子以一種我們意想不到的形式展開，時間還沒有到，我們就不會認識，當我們相遇的時候，就是我們該認識的時間。

而我們相遇時的關係，彼此放在什麼位置，都是被安排好的。

我們總以為自己能掌控，其實無論何種選擇，我們所做的每一個決定，都是注定的。

那無形的，未知的，更高的一種力量，大概叫做命運。
從我們出生的那一刻起，這一生的劇本就已經全部寫好了。

親愛的貓咪

在這個宇宙裡，每段相遇都有一個期限。

三年，五年，十年，二十年。

你健健康康的時候，我希望你還可以快快樂樂。

你還在我身邊的時候，我會盡量在你身邊。

我不知道你愛不愛我，對你來說我可能就只是個鏟屎餵飯的。

但，我仍愛你，沒有條件的。

因為是我把你抱進懷裡，讓你走進我的生命。

我愛你，哈娜雞樓。

小伙子我愛你 晚安

玫瑰或向日葵

我什麼都比別人慢，
關於這個世界的一切都是自己碰撞學習而來的。
在探索與認識自己的二十幾歲很徬徨無助，
三十歲以後才懂得擁抱，接受自己的全部。
才真的感受到自在，真的喜歡生活與工作。
不斷剖析與觀察自己，是多年來養成的興趣。
我其實很奇怪，
但我愛我的怪。

我感謝人生至今所有的際遇，
那些美麗的，快樂的，傷心的，掙扎的，
讓我成為現在的我。

這個世界會對我們有某些期望，
但我仍想用自己的頻率，長成自己的樣子。

我是向日葵，我不勉強開成玫瑰。

同步的幸福

每週日的星座運勢又來了，好快。

這幾個月比較忙，沒什麼時間靜下心跟自己對話，好像憋著一口氣在水裡拚命往前游，抬頭浮出水面，突然發現今年只剩下十一天就要結束了。

如果你問我（問一下拜託）幸福對現階段的我來說是什麼？我覺得，幸福是身體與心靈同步，能夠安住在眼前這一刻，不活在過去，也不活在未來。

別去糾結是怎麼走到這裡的，你已經在這裡了，把腳下的路走好，就能抵達明天。

前行的路途中，願我們都能認出自己。

遇到事情容易感性出發，但理性又試圖抓回平衡，心裡活動很忙碌的，
摩羯上升雙魚就是我。
週末愉快。

生日快樂

為她唱生日快樂歌
一群人同時間的孤單
喧囂得很類似熱鬧
不知道自己留住了什麼
也不知道自己弄丟了什麼
一年就過了
留住多少，弄丟多少

好像也已經不重要
不論願不願意
我們又長大了一歲
心卻老了很多
還神態自若
畢竟跟這世界妥協過
怎麼說，也算是個大人了
對吧
生日快樂
新年快樂

善良

善良
不是沒有脾氣，
也不是不會犯錯，
更不見得討每個人喜歡。

善良就是
不會故意去傷害一個人，
那不會是我們做所有事情的初衷跟本意。

我曾犯錯，
也會生氣，
但我知道
那不會改變善良的本質。

我不需要每個人的認同，
善良就夠了。
到底誰需要完美？
我一點都不怕你不喜歡我。

復活

今年生日，一位跟我同星座的女子，送了我一瓶玻璃瓶裝的沐浴油。

我很喜歡它的味道，當時不顧尺寸跟重量塞進我爆炸的行李箱帶去外地拍戲，帶來帶去都沒事，卻在回台北之後的某一天打破了。

今天跑去專櫃買回來，在浴室放音樂，慢慢的，仔細的，好好的洗了個澡，去角質，擦身體乳液。然後換上熟悉的睡衣，邊敷臉，邊喝剩下的紅酒。

原來生活是可以用自己的儀式跟味道復活的。

這次我買了塑膠瓶裝的，不會再打破了。

低潮就低潮

我們應該要包容自己的黑暗，允許各種情緒存在，快樂與悲傷一樣，都是很自然的事。

允許這些情緒經過，不需要否定自己，好好過日子就好。

低潮就低潮啊，幹嘛逼自己開心。

明年今日

七月盛夏
當時我並不知道那就是最後一天
然後夏天就這樣結束了
轉眼秋天已經快要過完
等冬天來臨時我可能會更憂鬱
春天的時候我不知道自己會在哪裡
明年的這個時候

我希望我是快樂的
播放最喜歡的那首歌
在海德公園野餐
一年就這樣過去
夏天又要來了

選字的詩 #4

你走了以後
那場大雨下了一年又四個月
天空布滿荊棘
所有的鳥都飛不出去
而雨
卻總下不進最荒蕪的沙漠裡

巫師們舉行慶典
最大的月圓
沒有半顆星星
在午夜十二點之前吞下情人的眼淚
就可以將日期忘記

你才剛離開
今天的雨
是此生的第一場雨

等到下個月圓來臨
才願意承認
如果一切都是自我催眠
真希望
能永遠被封印

書寫於 2020/9/25 黃鴻升告別式結束當晚

最近思考最多的是，我們生而為人的存在價值是什麼？

每個人都會走，只是早晚的問題而已。我們出生，長大，最終走向生命的終點，每個人都一樣。

我想，在我們離開這個世界之前，曾帶給身邊的人多少溫暖與善意；在我們離開之後，有多少人願意連同我們的份更努力的面對生活。就連離開這件事情本身也能激發身邊的人得到很大的反思。

這應該，就是生而為人的存在價值吧？

事業，名氣，收入，這些在人離開了之後只是一個紀錄而已。

黃鴻升這個人好不可思議，在他走後留下了非常多正面溫暖的能量，很多人愛他。一起工作過、相處過的人，都感受到他的真誠。他喜歡交朋友，也好好的花時間跟每個朋友相處。

在我印象中，不管是檯面上或檯面下的各種故事，每當提起，他從未有過一句壞話，好像早就看透了很多事，也不多說明什麼，即便吃了悶虧的其實是自己。

他老是在笑，有些我們講起來很生氣的事，他也能用一種幽默詼諧的角度看待，哈哈大笑個幾聲說太誇張了，然後那些令人生氣的事，突然就變成了笑話，不氣了。

關於人生，他一定是把所有功課都做完，所有學分都修過，所以先畢業了。他留下了很多音樂跟創作，很多影視作品跟節目和 AES 這個品牌，讓我們在想念他的時候，可以用不同形式去懷念。

最終定義我們的，是我們的所做所為。我希望，未來盡量把自己還不足的人生學分修好，以黃鴻升為榜樣。

二〇二〇大概就是，你好不容易正要站起來的時候，他又對你揮了一記重拳，這樣的一個年。

但我們一定要不停的站起來，因為我們的故事還在寫，傷心的快樂的都是我們的故事。要在這趟人生旅程裡做些什麼，或留下些什麼，我們可以自己決定。

樂觀努力的過每一天，把每天能做的事情做到最好，穿喜歡的衣服，見想見的人。睡前閉上眼睛，這天已經圓滿。

把今天過好，明天就會更好。

這些是黃鴻升這個人，以及他離開這件事情帶給我的感受和想法。

難過和不捨一定有，但我們都要學習放下。

葛格，想說的話都跟你說了，我們會保重的。總有一天再聚，以另一種形式。

ALIEN

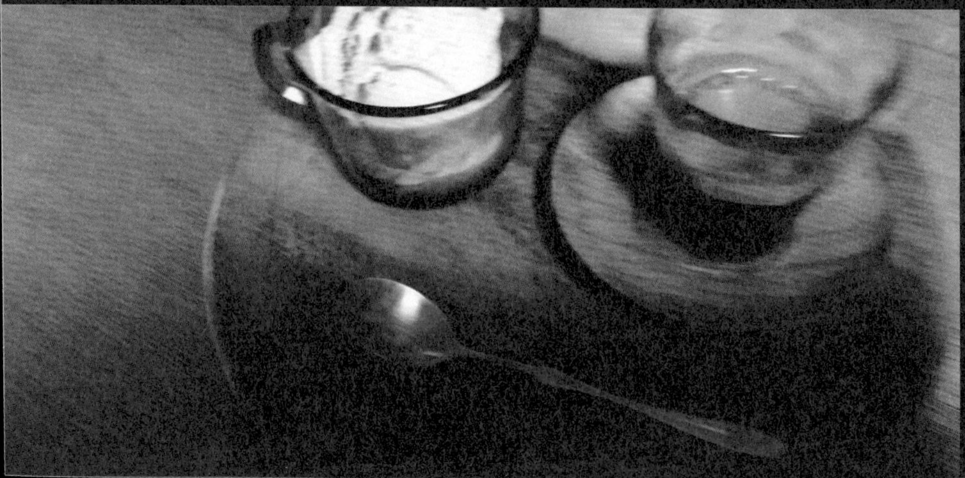

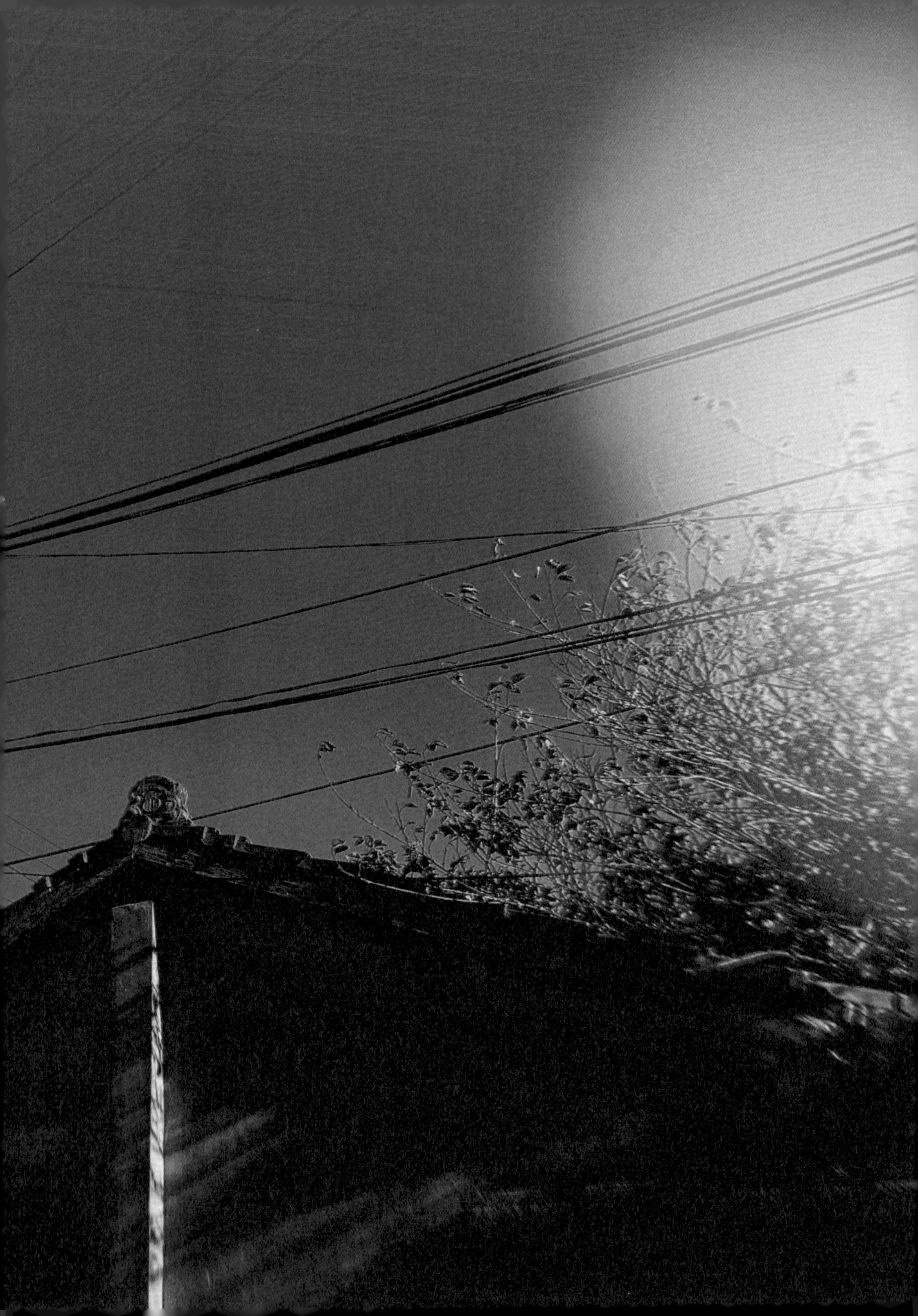

選字的詩 #2

遺忘
安靜而不張狂
深刻的
都逐漸褪色
不說的是什麼意思
也許

其實沒半點道德
樹枝的末端開花結果
圓滿過我跟你的名字
但終究要走進寒冬

把手放在誰的大衣口袋
已經沒有關係

因為
想念是張牙舞爪的年獸

熱鬧出整個冬天的孤獨
隨手遺留的紡織品
沒有你
還是
新年快樂

選字的詩 #3

景仰
是無眠飛行在心中的蜂鳥
在視線之外找尋屬於他的蜜
直到你靈魂裡的那匹狼
全都喝下
流浪在氣勢磅礡的草原沒有邊境

遊牧了一整季的自由
盤旋的鷹
沒有棲息地
等待無數個漫長的黑夜與白晝
沒有邊際的星空
臨時拜訪的驟雨
澆熄了唯一的營火
春天持續被埋葬
這裡還未開始融雪

結冰的湖面上
只有我

等到了白頭
才懂
宇宙萬物皆空

選字的詩 #6

當細胞全部更新完畢
情感最核心的記憶即不復存在

我能感受所有的月亮星辰都離我遠去
銀河系彼端沒有其他飛船
萬物猶如宇宙大爆炸之前的塵埃
散落在婆娑世界

沒有規矩
失去重量

眼看沙漠長出綠洲
也只是海市蜃樓
沒有任何一滴水能止住心裡的枯萎
豔陽之下
影子無處可躲
又熱又燙
像好幾巴掌打在臉上

如此這般的
山窮水盡
窮途末路
而後壽終正寢

只願我
在嚥下最後一口氣之前
還能感受你氣味
還能見你眼角有淚

世人便能確信我存在過
薄命
紅顏

看月亮

這些日子以來很著迷看月亮，夜晚，旋轉門上的飛蛾靜止不動，我盯著看，好像幾次旋轉之後，我走過去就是另一個宇宙。

有時候夢境清晰到你以為是真的，身歷其境。有時候現實的一切輪廓都好淡，像在看別人的故事一樣。

生活的樣子有時從腦袋的縫隙一閃而過，熟悉的溫度，熟悉的光線和顏色，都那麼立體，你彷彿聞得到味道，彷彿連空氣濕度都感受得到。

這樣的瞬間我都很想哭，因為那讓我很混亂跟分裂，我不知道自己在哪裡，也不知道我的情感要怎麼宣洩。

夢境跟現實已經完全重疊，那裡沒有真相，只有我自己。

也許這就是真相。

第三幕 Hello Goodbye

側拍

側拍兼片頭尾導演愷愷，在某場戲的空檔問我什麼是命中注定。

我算是相信的。

命中注定是一種感覺，你沒辦法用任何的邏輯或世間的常理去解釋，但你就是知道。

它可能只是你心裡的一個聲音，一個直覺，但強烈到你無法忽視。

這個世界上沒有偶然，發生的每一件事情都有原因，而那個答案必須靠我們自己找出來。

一切都是最好的安排。

命中
注定
你相信嗎
Dual-Purpose Bag

場景

當你凝視著深淵，深淵也凝視著你。

我喜歡昨天拍攝的地方，集體等待天亮，讓這座孤島般的海岸地充滿了末日感，卻仍帶有一絲希望。

我們穿越不好走的岩石地與山洞，在這裡，海和天空彷彿就只有眼前所見的大小和廣度，只屬於我們的大小和廣度。

我們的浪漫是黑暗的，潮濕的，甚至有點黏膩，聽得到海浪聲，但是看不太清楚，所有的光都來自心裡，惆悵著又快樂著。

我想像這裡的鳥很自由，他們可能曾經飛過這片海去過更遠的地方，等待過好幾次日出與日落的時刻。可能也經過幾次狂風暴雨，被曬得太熱或是凍著。

自由總是要付出一點代價的吧。

但我猜想他們不會害怕夜晚，因為，你知道，天總是會亮的。

殺青

每次殺青，想到隔天睡醒不知道要做什麼，我都會突然感覺空空的。每天固定見到同一群人，梳差不多的幾個髮型，穿某種風格的衣服，化相同的妝。

有時候敷著臉到現場，有時候頭髮還沒吹乾，失眠有時，睡過頭也有時，參與過彼此最生活的一面，最沒有防備的樣子。

就這樣持續一個月，兩個月，三個月，四個月，五個月或半年。當這樣規律的日子結束，都需要花上一段時間去重新適應。

塑造一個角色有時很像在意識裡蓋房子，然後，戲拍完了再把這些房子拆除。有時候是花園，有時候是高塔，他們自顧自美麗，也殘破不堪。

成為一個角色的過程，對我來說也像把不同顏色的黏土和在一塊，從此你中有我，我中有你，再也分不開。要把他們分開，就像活生生把靈魂撕裂這麼痛苦。

巨大的痛楚，和虛無。

我從來都不知道如何面對，曾經存在但又消失的那些時空，投入過，但戲拍完終究是一場空。

雖然說那些付出將永遠存在戲裡，就好像滿懷的熱情全都被封印在裡面，是回不去的烏托邦。

一路上經歷的所有高高低低，百轉千迴，全都在那個烏托邦裡面。而每個烏托邦，都保留了一些靈魂的碎片。

要說那個世界真實存在嗎？我是相信的。至少我相信過。

不知道你們現在好不好？那些遺失的靈魂碎片們。

後記

能夠完成這本書，
要感謝許多志同道合的夥伴。
我相信，
我們對愛情一定有著相同的信仰。

謝謝此刻正在看這本書的你，
謝謝你願意閱讀這些文字，
不管你是單身
還是正在戀愛，
或者剛結束一段關係，
希望你知道，
快樂都是最重要的事情。
了解自己，

喜歡自己，
善待自己。

任何時候，
我們都有機會重新開始。

願你歷經山河
還是最初的那個少女，
依然相信愛情。

Love 002

再見 少女

作　　者 柯佳嬿
經紀公司 墨寬有限公司
藝人助理 呂菀蓉

編　　輯 吳愉萱
裝幀設計 犬良品牌設計
校　　對 林芝
攝　　影 周墨、柯佳嬿
化　　妝 陳佳惠 Carlin
造　　型 Emma Yang
髮　　型 Johnny Ho
媒體公關 杜佳玲、杜佳蕙
執行企劃 呂嘉羽

總 編 輯 賀郁文

出版發行 重版文化整合事業股份有限公司
臉書專頁 www.facebook.com/readdpublishing
連絡信箱 service@readdpublishing.com

總 經 銷 聯合發行股份有限公司
地　　址 新北市新店區寶橋路 235 巷 6 弄 6 號 2 樓
電　　話 (02)2917-8022
傳　　真 (02)2915-6275

法律顧問 李柏洋
印　　製 凱林彩印股份有限公司
裝　　訂 智盛裝訂股份有限公司

一版一刷 2021 年 04 月
一版四刷 2021 年 05 月
定　　價 新台幣 420 元

國家圖書館出版品預行編目（CIP）資料

再見 少女 / 柯佳嬿作 . -- 一版 . -- 臺北市 : 重版文化整合事業股份有限公司 , 2021.04

面； 公分 . -- (Love ; 2)

ISBN 978-986-98793-5-4(平裝)

863.55　　110004846